W0183789

SONNTAGS

brahms entflieht geöffneten fensters
und wieder eine zeitansage
sommerkleidstoffe auf der nähmaschine
titelseite - seite neun - titelseite - seite neun
weinglas an die obere briefzeile "und wieder
klebt wie teig an den händen stund um stunde..."
geschoben - drittmals geleert
ene mene mopel bebt der hinterhof
und schon sind sie verschwunden
hinter büschen matrazen wäschepfeilern
und aschetonnen - überfüllten
scheues nicken meines gegenübers
in vergilbrter gardine - weit weg - zu weit
des spießers sahnestunden sind gezählt
mit blitzender heckscheibe rollender zweitwagen
spuren scheißende tauben wandern
entlang
der dachrinne
und wieder eine zeitansage

DIE ALTEN MÄNNER

die alten männer
ihre dicken bäuche
übern marktplatz schiebend
sonne geatmet
zwischen zwei lungenzügen
vom zigarrenstummel
vergangenen abends
immer noch sehnsuchtsaugen
wenn übers pflaster klappern
metallene absätze
von mädchenbeinen - den stolzen
aber schon wieder lauert
dies mahnende stechen
links unter der brust
noch ignoriert ums verrecken
denn er rief - der kuckuck
schon manchem zu viel
unerträgliches leben

REGENBOGENLEER

regenbogenleer
liegen die gassen
die vögel
kehren uns den rücken
sie wittern
den winter
in unseren herzen
die gier
nach dem kuss zum festhalten
die lüge
dich nicht zu verlassen

STRANDKNEIPE

ein schluck mineralwasser
im schnapsglas
macht mich
am stammtisch der fischer
akzeptabel
für eine halbe stunde
und emanzipiert genug
einem duzend
klebriger männerwitze
beizuwohnen

morgens dieselbe stille
getrennter tische
bei rührei und brot

WENN ICH NACHTS

wenn ich nachts
die tür nicht mehr verriegle
bevor wir uns zueinander legen
wird es zeit für dich
wachsam zu sein

MEDEA

blut ist im schuh
der ist nicht zu klein
hab ihn auf unsrer hochzeit
getragen
ein hochzeitsgeschenk
soll er dir nun sein
er komme statt meiner
zu klagen

P.S. ICH LIEBE DICH

eigentlich wollte ich dir
ein liebesgedicht schreiben
übrig bleibt die erkenntnis
dass mir die worte fehlen

FREIHEIT

es war einmal
eine revolution
in der
wurden namen ausgetauscht
nun
sagt der mann hinterm tresen
rote
werden bei uns nicht bedient

REGENBOGENDURCHPEITSCHTE HAND

regenbogendurchpeitschte hand

die den hut hielt

im sturm

übers feld

und ab und an

doch noch träumen

von deinem schnurrbart

der jetzt

nach regen schmecken würde

wie meine hand

ENTSCHEIDUNG

wenn du das ohr
an die schiene presst
kannst du hören
ob ein zug kommt
alles weitere
bleibt dir überlassen

WÜRMCHEN, DU

sonntagsfratzenkampf beginnt
weckerklingeln ignorierend
bittergeschmack und frosch im hals
und woher nehmen den mut
gegen diesen scheissstag
und wie ihn bezwingen
ohne den anderen
und warum anfangen
ohne abrechnung
vor dem anderen
und johannes r. becher
hat auch gesoffen

MELANCHOLIE

wenn ich ein mann wär
hätte ich einen schlips
mich dran aufzuhängen

WENN SCHON ENTFREMDET DER SAMEN

wenn schon entfremdet der samen
kann die fruchtbare
verrecken nur an der lustbarkeit
ihres schosses
im buhlen um fetzen hauts
wie abgestorbne äste
umschlingend des anderen arme
aufsaugend längst entleerte blicke
wird sie letztlich
nur sich selber entstellen

MANCHMAL

manchmal hätten
  ein wort
  ein lächeln
  ein streicheln
geholfen

oft waren
  ein satz
  ein lachen
  eine umarmung
zu viel

LIEBEVOLL GENANNT GRÖNIE

aber mein alkohol
ist ein sanitäter
mit kater am morgen
oh america
wenn du gar nicht anders kannst
noch einen doppelten gin
den kater ertränk ich
im badewasser
herbert
tschüss sagen die kumpel
am stammtisch
und die nächste zigarette
qualmt in den nächsten titel
bochum
ist doch noch
ganz schön weit weg
herbert
und morgen klingelt der wecker
jetzt oder nie
es geht mir wirklich gut
aber nach außen bleib ich kühl

WIE SCHÄFCHEN

wie schäfchen

zähle ich

vorbeigelebte

augenblicke des tags

und beraube dich

schlaf

deines rechts

DIALOG

und wenn wir
uns totgeredet haben
werden sie
auf dem berg
unserer wortleichen und resolutionen
festreden halten
wie eh und je
und das klirren der gläser
wird nicht mehr erinnern
an unser gebrüll
vom WIR SIND DAS VOLK

EINSAMKEIT (DEFINITION)

wenn ich montags
sterbe
wird wer donnerstags
mich vermissen
und am freitag
tritt man mir die türe ein

FÜR JOE

ich weiß

wenn ich um mitternacht

dir blumen aufs kissen streue

und den letzten jogurt

esse für uns drei

wirst du lächelnd sagen:

ach marry

SCHMERZ

die nacht singt um das haus
ihr lied vom
eiapopeia
und großmutters stimme
senkt mild sich
auf die augenlider
wie einstmals
und beinahe
vergesse ich
den verlust
deiner hände

VERJÜNGT

vor übermut

aus der bremsenden s-bahn stolpern

oder

kaffee auf die hosen gießen

und

zum dritten mal den scheck ausfüllen

oder

eine rote ampel übersehen

und

beim einkauf die eier zerschlagen

weil

das leben eine spur zu leicht scheint

ZWEI KÖNIGSKINDER

als du mich liebtest

führte ich

mein herz spazieren

stecken geblieben bin ich

im labyrinth

und wir vergaßen

körner

auf den weg zu streuen

INS NICHTS

in meine ungnade geboren
mussten wir uns trennen vor der zeit
und keine gelegenheit
wird es geben
dich um verzeihung zu bitten

GRAL

hier sitzen wir wieder beisammen
und reden und reden und reden
flüstern von umgestaltung
nur WIE können wir nicht sagen
entkorken die nächste flasche
für unsren verkrüppelten mut
das macht so schön besoffen
und steigert so herrlich die wut
denn längst sind wir gestorben
im eigenen wartesaal
unserer großen gedanken
und warten auf den gral

RETTUNGSANKER

mein notizbuch weiß zwei nummern
in einer nacht wie dieser

aus angst dass auch du nicht da bist
wählte ich nur die eine

UND FÜHRE UNS NICHT IN VERSUCHUNG

und führe uns nicht in versuchung
wenn unbeirrbar
der leib sich noch streckt
nicht achtend
dass unweigerlich schon
modder vereinnahmt
des andern gefilde
die uns führen noch in versuchung

ALS SIE ZU DEM FLUSSE GING

als sie zu dem flusse ging
blickt sie aug in auge
und ihr war als säh sie drin
dass sie auch alleine tauge
doch ihr hoffen ward verloren
bei vierundzwanzig stunden fluch
all der tage wo erfroren
sie bei jedem flugversuch

und sie wusch sich das gesicht
netzt die augen die schon toten
verlässt erneut das selbstgericht
mit lippen den geschminkten roten

BRACHLAND

deine spuren
reib ich mir aus der haut
zu stein geworden
die küsse
unseres wanderns
übers jahr
werf ich sie ab

MITTERNACHT VORÜBER

bewaffnet
mit allen argumenten gegen dich
greife ich dennoch zum hörer

schon wähl ich die letzte zahl

"du bist nicht schwindelfrei" -
mahnt das freizeichen
und deine stimme
ruft mich
aus meiner ohnmacht
zurück

s o s

meine küsse ungestrandet

kehrst du nachts dir von der schwelle

und stündlich vergilbst

du schmeichelnder traum

vom sündhaften atmen

an der brust

aber

wie meine träume erwürgen

DEN ALTEN VON NEBENAN

den alten von nebenan
genannt bierflasche
torkelnd morgens um zehn
habe ich gesehen

und die dicke
ihre vier kinder zerrend
und schiebend vom spielplatz
habe ich gesehen

auch nullbock
den gelegenheitsjobber
der sein fensterglas bunt malte gestern
habe ich gesehn

du meinst
dafür hätte ich schon immer
einen Blick gehabt

und weiter...?

ERSCHÖPFT

erschöpft
in ihren letzten zügen
erschleicht sich meine phantasie
abermals
einen albernen grund
zu meiden
die schlafzimmertür

hand aufs herz
und erneut gelogen
für eine weitere nacht
doch der morgen
wird klüger sein
oder auch nicht

ABSCHIED

alles

was du jetzt sagen willst

weiß ich

drum

lass uns schweigen

FLUCHTVERSUCH

durchs haus
all die morgenstunden tötend
greifen meine schritte
ins endlose aller vier wände
denn meine ungezogenen träume
machen zu leben nicht leicht
sie fordern
von jedem fluchtversuch
ein wenig zu viel
damit ein funken nur bleibt
vom wert dieses tages

ANKUNFT

erst wenn all meine wichtigkeiten
auf dich niedergeplaudert sind

erst wenn ich aus deinem sekt auch noch
die ananasstückchen gefischt

erst wenn du mir meine post vorliest
während ich genussvoll bade

erst wenn auch noch der fünfte ganz ganz
wichtige anruf erledigt

erst wenn mir auffällt dass du lächelst
über meine zeitverschwendung

dann erst

27283266R00045

Printed in Poland
by Amazon Fulfillment
Poland Sp. z o.o., Wrocław